地球的居民还好吗
——地球，好热！

中碳国科零碳研究院 组编
唐雪下 著／绘

机械工业出版社
CHINA MACHINE PRESS

地球的居民还好吗？跟随碳零玲的旅行，一起去认识不同的动物和植物朋友。大自然中物种的丰富程度超乎想象，然而，有些生命我们还没来得及认识，就已经永远消失了。碳零玲迫不及待地想要了解和保护它们。

本书以小企鹅碳零玲在旅行中的所见所思为主线，结合自然与人类生活，用绘本的形式展现保护生物多样性与全球气候变暖之间的关系，把沉甸甸的碳中和主题内核包裹在温暖的故事中，让孩子通过温情的阅读发现自己与全球变暖密不可分的关系，引导孩子关注环境、尊重地球生命。

图书在版编目（CIP）数据

地球，好热！. 1，地球的居民还好吗 / 中碳国科零碳研究院组编；唐雪下著、绘. —北京：机械工业出版社，2023.1
ISBN 978-7-111-72021-8

Ⅰ. ①地… Ⅱ. ①中… ②唐… Ⅲ. ①儿童故事－图画故事－中国－当代 Ⅳ. ①I287.8

中国版本图书馆CIP数据核字（2022）第212034号

机械工业出版社（北京市百万庄大街22号 邮政编码100037）
策划编辑：兰　梅　　责任编辑：兰　梅
特约编辑：刘梦渝　　责任校对：李　杉　王明欣
责任印制：张　博
北京利丰雅高长城印刷有限公司印刷

2023年3月第1版·第1次印刷
210mm×285mm·2.25印张·18千字
标准书号：ISBN 978-7-111-72021-8
定价：128.00元（全5册）

电话服务　　　　　　网络服务
客服电话：010-88361066　　机　工　官　网：www.cmpbook.com
　　　　　010-88379833　　机　工　官　博：weibo.com/cmp1952
　　　　　010-68326294　　金　书　网：www.golden-book.com
封底无防伪标均为盗版　　机工教育服务网：www.cmpedu.com

前　言

这是我画给孩子们的第一本书。

我小的时候，听过很多故事，它们都是以"从前……"开头的。当我也打算给你们讲一个我所知道的故事时，才终于明白了"从前……"的魅力，因为，很多事情确确实实只有用"从前……"开始讲起，我们才能讲得明白。比如，垃圾是怎么产生的？城市是怎么形成的？这都是很古老的问题。那么，这个时候我就要以"从前……"作为开头，慢慢地讲给你听了。

不仅仅是垃圾，还有很多神奇的生物，甚至很多未知的元素，都需要我们用"从前……"作为开头讲起。

这是一个很长的故事，就像一段漫长的旅程。故事的主角——小企鹅碳零玲，是一位从遥远的地方出发，经历了很多奇遇，看到了很多景象，最终来到你身边的小家伙。我的任务，就是将碳零玲所经历过的、了解到的一切，诚实地告诉你。

在听故事之前，你也许要先了解"碳"是什么。

简单来说，碳是一种元素。它几乎无处不在，我们呼吸的空气、所在的地球以及地球上的一切生物都与它息息相关。还有一个重

要线索，你发现了吗？没错，它还是碳零玲名字的简称，是碳零玲生命的起点。碳元素构成了丰富的自然资源，并为人类提供了源源不断的能量；但是，就像很多故事里讲到的那样，当一个好的事物被无节制地使用时，往往就会伴随着一些不那么好的事情发生。

碳也不例外。当自然资源被消耗得越多，它们所产生的二氧化碳或其他温室气体也会越多。二氧化碳本身是很常见的温室气体，还是空气的组成部分之一，作为碳的化合物，它并没有错，错的是人类活动无节制地排放。一旦碳排放量高于碳吸收量，生态平衡被打破，就会导致全球气候变暖，就像人一样，一旦体温升高，即意味着可能要发烧了。

我们了解碳之后，便能对碳零玲的身份略知一二。而碳零玲的故事，就是从它决心要想办法阻止全球气候变暖开始的。

唐雪下

2022年3月21日

当地球年纪还小的时候，它也许只是聚在一起的一团气，除此之外什么也没有。没有石头，没有泥土，没有水，更没有生命。

诞生于46亿年前的地球，是从哪一刻开始拥有生命的呢？

有人说，如果把地球存在的历史看作一年，那么微生物可能是在4月左右出现的，但直到11月末，最原始的鱼类才出现。早期人类则诞生于12月31日，而人类文明的时间只占据了最后1分钟。

生命的演化并不容易。

包括人类在内，所有不同种类的生命，都成了地球的居民。物种之间相互交替、相互影响，使生态得到平衡。

然而就在当下，生物多样性却正以前所未有的速度丧失，这预示着可持续发展目标可能会落空，同时也削弱了人类应对气候变化的努力。

还有更多连锁反应，如同蝴蝶扇动翅膀之后带来的飓风一样，后果令人无法想象。

你准备好和小企鹅碳零玲一起，面对这个变数了吗？

你能想象地球一无所有的模样吗?

碳零玲无法想象。

它甚至连冰川里少一块冰都不敢想象。

地球生态圈，就像一个闭环的圆。

如果说气候变化引起的极端天气，会损害生物多样性，那么因此消失的物种，也会同步反噬气候，让这个生态圈出现裂缝，失去持续发展的可能。

当地球失去一棵树的时候,它并不仅仅只是失去一棵树。还会失去老虎、大象或者其他动物。
这种共生共长的关系,让地球变得可爱,因为被互相依赖和照拂着的彼此,都是自然界不可或缺的存在。

但时至今日,越来越频繁的极端天气,进一步凸显出了人类与自然关系的重要性。它提醒着我们,生物多样性的持续丧失和生态系统的退化,会给人类的生存状况带来多么严重的后果。

到 2022 年，自然界已经失去了欧洲仓鼠、金竹狐猴、北部白犀牛、长江白鲟、儒艮……这些名字，你或许都还来不及熟悉，它们就已经在野外永远地消失了。

然而，还有一个更可怕的事实，摆在人类的面前。

一大批珍稀动物——北极熊、非洲象、雪豹、小熊猫、华南虎、河马，甚至还有如星光般浪漫的萤火虫……

它们在联合国濒危物种名单中赫然出现。

要是碳零玲此时发问：这一切到底都是怎么发生的？

它就是在追问地球所赐给人类的那"一分钟"。

在地球漫长的岁月里,人类拥有的历史就如沧海一粟,但人类却是地球家园里至为重要的成员。在地球居民群落里,人类占据了整个生态链的顶端。

正因如此,人类活动对生态平衡的影响就更加直接和显著。

森林过度砍伐、海洋过度捕捞、温室气体过度排放、
耕地用途发生变化等，人类走的每一步，都会在生态
系统中泛起涟漪。

人类对自然资源的过度使用，让地球如同一座被动摇了根基的建筑。

只要其中一块基石被抽掉，它便随时都有坍塌的可能。

在互相依存的地球村,一只不起眼的昆虫,说不定是一棵树的天敌;

而这棵树,又有可能是一群小鸟的庇护所;

这群小鸟,恰好就是另一只鹰的猎物……

物竞天择,道法自然,这是人类总结的自然法则,也是生态为什么需要保持平衡的答案。

自然物种的丰富程度早已超乎碳零玲的想象。

但假若生态真有一天会失衡,那面临的后果,当然就不仅仅是物种消失这么简单。

对于大自然来说,一个物种永久性消失,意味着将会迎来一场雪崩般的连锁反应。

比如授粉——

75% 的植物和庄稼需要通过蜜蜂、鸟类或昆虫授粉才有收获。

如果这些勤劳的生物数量或种类不稳定,授粉的种类便也不会稳定。

而这导致的结局,就是加速植物的灭绝,进而影响到人类的粮食安全。

没错,就是这样——

"当雪崩发生的时候,没有一片雪花是无辜的"。

碳零玲在探寻答案的旅途中,路过了数不清的自然保护地,也路过了数不清的自然公园和国家公园。

这是人类的手笔,也是人类对生态系统失衡的反思和努力。

想要让不同种类的地球居民得以存续,首先就要还给它们一个适合生存的家园。

人类与自然的关系,并不是简单的给予或索取。

对于地球来说,人类与其他生物,都是它的居民,都应该拥有属于自己的一席之地。

帮助人类认识到生物多样性的价值,是碳零玲的头等大事。

但人类还能够采取哪些措施来保护生物多样性呢?

这又是一个充满挑战的任务。

在很多国家,政府、企业和民间组织都已经合作,开始执行可持续生产和消费的计划。

人类在使用自然资源的同时,也会注意控制在适度的范围内。

例如,为了让所有鱼群、无脊椎动物种群和水生植物可持续发展,人类设立了禁渔期和开海期,避免过度捕捞而破坏海洋生态。

同时人类也正在积极应对全球升温所引起的海洋酸化,保护珊瑚礁和其他脆弱易危的生态系统。

人类还通过栽培植物、驯养和养殖动物以及与它们有亲缘关系的物种,来保护遗传多样性。

而建立全球种子库,则有助于保护粮食作物,对未来的粮食安全至关重要。

碳零玲发现,如果人类能够养成良好的饮食习惯,并且更重视粮食的多样性,减少浪费,也能大大降低粮食安全风险!

碳零玲发现，人类正在积极地寻找办法处理他们赋予大自然的各种价值，避免无度地索取，更要阻止人为地破坏或压缩物种的生存环境，有效地应对污染和气候变化所带来的难题。

在过去近 5 亿年的历史中，地球已经历了 5 次生物大灭绝事件。

究其原因,这都跟大气层和海洋内的碳循环被彻底颠覆有关,也就是说,气候变化的代价,是人类,不,是全部地球居民都承担不起的!

如果生物多样性能够得到有效的保护，这也就意味着野生动植物栖息地的数量和面积会增多，这样，人类应对气候变化的能力也会加强。

那么,保护生物多样性的目标,就不会只是冰冷的概念。

它们会与时间同步抵达那个早晨,一起迎接那轮照常升起的太阳。

本册知识点

- **生物多样性**

    生物及其环境形成的生态复合体以及与此相关的各种生态过程的总和。保护生物多样性，就是以自然为基础提出方案，解决全球气候问题，实现碳中和的目的。

- **自然生态系统**

    一般也被叫作生物圈，指在一定时间和空间范围内，能够依靠自然调节能力维持的相对稳定的生态系统，如原始森林、海洋等。自然生态系统为人类提供食物、木材、燃料、纤维以及药物等社会经济发展的重要组成成分。

- **碳循环**

    碳元素在大气、陆地和海洋等各大碳库之间不断地循环变化。作为生命物质中的主要元素之一，地球上主要有四大碳库，即大气碳库、海洋碳库、陆地生态系统碳库和岩石圈碳库。

- **自然保护地**

    对典型的自然生态系统、珍稀濒危野生动植物种的天然集中分布区、有特殊意义的自然遗迹实施长期保护的区域，确保主要保护对象安全，维持和恢复珍稀濒危野生动植物种群数量及赖以生存的栖息环境。

- **国家公园**

    由国家批准设立并主导管理，以保护具有国家代表性的自然生态系统为主要目的，实现自然资源科学保护和合理利用的特定陆地或海洋区域。国家公园边界清晰，保护范围大，生态过程完整，具有全球价值、国家象征，国民认同度高。

- **生物大灭绝**

    生物大规模地集群灭绝，整科、整目甚至整纲的生物在很短的时间内彻底消失或仅有极少数存留下来。

守护我们的星球
——地球，好热！

中碳国科零碳研究院 组编
唐雪下 著/绘

机械工业出版社
CHINA MACHINE PRESS

地球变暖是怎么发生的？碳零玲回头看了看自己南极的家，冰川还在不断地消融，面积越来越小，那些看不见摸不着的二氧化碳到底做了什么？为了保护碳零玲和人类的家园，我们应该怎么做呢？

本书以小企鹅碳零玲在旅行中的所见所思为主线，结合自然与人类生活，用绘本的形式展现全球气候变暖的议题，把沉甸甸的碳中和主题内核包裹在温暖的故事中，让孩子通过温情的阅读发现自己与全球变暖密不可分的关系，引导孩子关注环境、尊重地球生命。

图书在版编目（CIP）数据

地球，好热！. 5，守护我们的星球 / 中碳国科零碳研究院组编；唐雪下著、绘. —北京：机械工业出版社，2023.1
ISBN 978-7-111-72021-8

Ⅰ.①地… Ⅱ.①中… ②唐… Ⅲ.①儿童故事–图画故事–中国–当代 Ⅳ.①I287.8

中国版本图书馆CIP数据核字（2022）第212028号

机械工业出版社（北京市百万庄大街22号 邮政编码100037）
策划编辑：兰　梅　　责任编辑：兰　梅
特约编辑：刘梦渝　　责任校对：李　杉　王明欣
责任印制：张　博
北京利丰雅高长城印刷有限公司印刷

2023年3月第1版·第1次印刷
210mm×285mm·2.5印张·21千字
标准书号：ISBN 978-7-111-72021-8
定价：128.00元（全5册）

电话服务　　　　　　　网络服务
客服电话：010–88361066　机　工　官　网：www.cmpbook.com
　　　　　010–88379833　机　工　官　博：weibo.com/cmp1952
　　　　　010–68326294　金　书　网：www.golden-book.com
封底无防伪标均为盗版　　机工教育服务网：www.cmpedu.com

前 言

这是我画给孩子们的第一本书。

我小的时候，听过很多故事，它们都是以"从前……"开头的。当我也打算给你们讲一个我所知道的故事时，才终于明白了"从前……"的魅力，因为，很多事情确确实实只有用"从前……"开始讲起，我们才能讲得明白。比如，垃圾是怎么产生的？城市是怎么形成的？这都是很古老的问题。那么，这个时候我就要以"从前……"作为开头，慢慢地讲给你听了。

不仅仅是垃圾，还有很多神奇的生物，甚至很多未知的元素，都需要我们用"从前……"作为开头讲起。

这是一个很长的故事，就像一段漫长的旅程。故事的主角——小企鹅碳零玲，是一位从遥远的地方出发，经历了很多奇遇，看到了很多景象，最终来到你身边的小家伙。我的任务，就是将碳零玲所经历过的、了解到的一切，诚实地告诉你。

在听故事之前，你也许要先了解"碳"是什么。

简单来说，碳是一种元素。它几乎无处不在，我们呼吸的空气、所在的地球以及地球上的一切生物都与它息息相关。还有一个重

要线索,你发现了吗?没错,它还是碳零玲名字的简称,是碳零玲生命的起点。碳元素构成了丰富的自然资源,并为人类提供了源源不断的能量;但是,就像很多故事里讲到的那样,当一个好的事物被无节制地使用时,往往就会伴随着一些不那么好的事情发生。

碳也不例外。当自然资源被消耗得越多,它们所产生的二氧化碳或其他温室气体也会越多。二氧化碳本身是很常见的温室气体,还是空气的组成部分之一,作为碳的化合物,它并没有错,错的是人类活动无节制地排放。一旦碳排放量高于碳吸收量,生态平衡被打破,就会导致全球气候变暖,就像人一样,一旦体温升高,即意味着可能要发烧了。

我们了解碳之后,便能对碳零玲的身份略知一二。而碳零玲的故事,就是从它决心要想办法阻止全球气候变暖开始的。

唐雪下

2022年3月21日

在中国成语里,人们会用"水深火热"来形容恶劣的环境,带着夸张的成分。

你能想象如果人类生活在这样的环境里会怎样吗?

那你知道我们居住的城市很有可能会变成这样吗?

你也许会忍不住发问:这一切到底是怎么发生的?

当发出疑问的时候,我们就是在追问答案。

而通向答案尽头的道路也不是笔直的。

它需要我们像碳零玲那样,一小步一小步坚定地往前走。

真正能够解开问题的答案,从来不是轻飘飘的。

它需要我们共同努力,从曲折的过程中,获得正确的方向。

根据世界气象组织的数据,
目前地球平均温度比工业化前的水平高了 1.09℃[一]。

[一] 数据来源:《2021 年全球气候状况》。——编者注

当我们居住的地球温度越来越高,这将意味着什么?

它是一个很严肃的问题。

这不仅仅意味着夏天会更热,冬天会更冷,
人类会频繁经历"一夜入夏",或者"一夜入冬",
还意味着碳零玲的家园会越来越小,甚至将会真正失去它的家园……

然而，人类活动正在不可避免地影响着气候的变化。

人类生活产生的垃圾、排放的二氧化碳和其他的温室气体，
都会让地球温度不断上升，导致它最终还是"发烧"了。

热浪、干旱、洪水、暴雨，
这些坏天气发生的频率和强度都在不断上升。

地球原本是什么样子的呢?

在没"发烧"之前,地球的样子就像它养育的森林一样生机勃勃,像它放养的狮子一样健壮。

四季循环往复,植物按时候开花结果,人类按节令种植粮食和蔬菜。

冰川稳固如山,海平面也保持着安定。

碳零玲和它的家人、朋友就在那无边无际的白茫茫中与遥远的人类互相守望。

地球变暖是怎么发生的呢?

在碳零玲发出这个疑问的时候,消融的冰川来不及回答它,龟裂的旷野在摇头叹息。

只有停在树墩上的小鸟回答它:"你去问人类吧!他们知道得一清二楚。"

气候变化在真实发生着，
而人类的活动正是导致地球升温的主要原因。

他们建设的工厂，使用的机器，代步的汽车，燃烧的煤、石油和天然气等等，都会向地球大气层排放温室气体，而最大量的温室气体，就是二氧化碳。

二氧化碳的浓度越高，地球的平均温度就会越高。

科学家告诉碳零玲,目前,大气中的二氧化碳浓度已达到了 200 万年来的最高值!

以二氧化碳为代表的温室气体加剧了冰川融化,使得海平面高度也已达到有记录以来的最高值……

当一个地方太冷或者太热的时候,
它就不再适宜人类居住了。

地球不断升温,热浪不但袭击森林引起山火,
同样也向人类发起反扑。

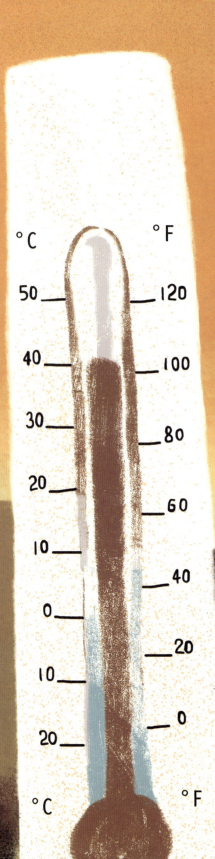

全世界 30% 的人口在一年之中，有超过 20 天要生活在"水深火热"之中，他们不得不同时承受着极端高温天气与水资源缺乏的生存压力。

如果气候持续恶化，那么每隔一个世纪甚至每隔十年，北冰洋将迎来"无冰夏季"……

气候变化是这个时代最为紧迫和复杂的挑战之一。

在时间的长河里,人类的创造力和创新能力让世界变得闪耀而璀璨。

但同时,人类活动造成的全球变暖也让更多其他的地球居民流离失所。

比如碳零玲。

如何防止全球升温突破1.5℃,是人类亟须解决的问题。

《巴黎协定》

"我们要努力将气温上升幅度限制在 1.5℃以内。"

根据这份协定,缔约方需要结合自身情况,提交各自的碳排放目标,为全球温室气体排放减缓共同努力。

碳零玲在众多协定里,发现了一件有趣的事情——

每份承诺都是独一无二的,

然而,如果要将地球升温控制在 1.5℃范围内,

仅靠目前的承诺是不够的。

于是，人类再次提供了新的思路：

将导致气温升高的二氧化碳捕集和封存起来！

发电厂

煤

家庭
天然气

冶炼厂

那么，这些被捕集的二氧化碳，可以储存在哪里呢？

CO_2

CO_2地质封存

石化厂

制造厂

石油开采

有的人建议封存到地下,有的人则建议直接放到海洋底部。

尤其是海底,因为海水不仅可以溶解二氧化碳,海面浮生藻类还可以将海水中的二氧化碳转化为有机质和氧气,降低海水中的二氧化碳浓度,使海水能继续吸收二氧化碳。

CO_2海洋封存

中国 1.5 ℃ 的目标：

2030年前争取实现碳达峰，2060年前争取实现碳中和。

作为世界上最大的能源消费国和碳排放国，中国的二氧化碳排放量占全球总量的 1/3，温室气体的排放量约占全球总量的 1/4。

"将全球温度上升限制在 1.5℃"这个目标,对中国来说无疑是艰巨的任务。

令碳零玲欣慰的是,中国清洁低碳化脚步不断加快。

截至 2021 年 7 月底,水电、风电、光伏、在建核电装机规模等多项工程指标保持世界第一。

在对抗气候变化的过程中，人类可以提出无数种解决方案，但对于碳零玲来说，一切可能都没有那么复杂。

不要浪费电,不要浪费纸,不要浪费食物。

过自己向往的生活,但不要浪费。

照顾大自然,还有自然中的动物、植物。

选择低碳生活,最重要的依然是,不要浪费。

人类无法承受的结果有很多,

其中,地球升温突破 1.5℃就是我们不能承受的事情。

我们无法承受热浪席卷、岛屿沉没,更无法承受碳零玲真的无家可归。

大自然可以没有人类,但人类一定不能没有大自然。

让我们与碳零玲一起努力,守护我们的星球,把 1.5℃刻在地球升温的极限值上,

让风暴、干旱、粮食减产、海平面上升、物种灭绝这些可怕的事情不要来临。

本册知识点

- **升温 1.5℃的世界**

  这是一个假定的概念，指的是全球升温如果达到高于工业化前水平 1.5℃ 的世界。科学家估计，这个温度将会是地球可承受气候变化的极限临界值。

- **人为排放**

  人类活动造成的温室气体和气溶胶的排放。这些活动包括燃烧化石燃料、伐木毁林、土地利用及其造成的变化、畜牧生产、施肥、废弃物管理等过程。

- **极端气候**

  某些或某个气候要素达到了 25 年一遇的现象。极端气候包括干旱、洪涝、高温热浪和低温冷害等。

- **《联合国气候变化框架公约》**

  这一公约于 1992 年 5 月在联合国大会获得通过，并于 1992 年在巴西里约热内卢举行的地球峰会上开放签署，最终于 1994 年 3 月生效。这一公约的最终目标是"将大气中温室气体浓度稳定在防止气候系统受到危险的人为干预水平上"。

- **《巴黎协定》**

  2015 年 12 月，在法国巴黎举行的《联合国气候变化框架公约》第 21 次缔约方大会通过了《联合国气候变化框架公约》下的《巴黎协定》。
  《巴黎协定》的目标之一是将全球平均气温较前工业化时期上升幅度控制在 2℃ 以内，并努力将气温升幅限制在 1.5℃ 之内，这将显著减小气候变化带来的风险和影响。

垃圾去哪儿
——地球,好热!——

中碳国科零碳研究院 组编
唐雪下 著/绘

机械工业出版社
CHINA MACHINE PRESS

垃圾是怎么产生的？跟随碳零玲的旅行，我们一起去追溯垃圾产生的原因，了解垃圾分类的方法，见证把垃圾变废为宝的奇迹！观察生活中的废弃物和垃圾，它们都应该去哪儿呢？

本书以小企鹅碳零玲在旅行中的所见所思为主线，结合自然与人类生活，用绘本的形式展现垃圾处理与全球气候变暖之间的关系，把沉甸甸的碳中和主题内核包裹在温暖的故事中，让孩子通过温情的阅读发现自己与全球变暖密不可分的关系，引导孩子关注环境、尊重地球生命。

图书在版编目（CIP）数据

地球，好热！.2，垃圾去哪儿 / 中碳国科零碳研究院组编；唐雪下著、绘. — 北京：机械工业出版社，2023.1
ISBN 978-7-111-72021-8

Ⅰ.①地… Ⅱ.①中… ②唐… Ⅲ.①儿童故事–图画故事–中国–当代 Ⅳ.①I287.8

中国版本图书馆CIP数据核字（2022）第212033号

机械工业出版社（北京市百万庄大街22号 邮政编码100037）
策划编辑：兰　梅　　责任编辑：兰　梅
特约编辑：刘梦渝　　责任校对：李　杉　王明欣
责任印制：张　博
北京利丰雅高长城印刷有限公司印刷

2023年3月第1版·第1次印刷
210mm×285mm·2.25印张·18千字
标准书号：ISBN 978-7-111-72021-8
定价：128.00元（全5册）

电话服务　　　　　　　网络服务
客服电话：010-88361066　机 工 官 网：www.cmpbook.com
　　　　　010-88379833　机 工 官 博：weibo.com/cmp1952
　　　　　010-68326294　金 书 网：www.golden-book.com
封底无防伪标均为盗版　　机工教育服务网：www.cmpedu.com

前　言

这是我画给孩子们的第一本书。

我小的时候，听过很多故事，它们都是以"从前……"开头的。当我也打算给你们讲一个我所知道的故事时，才终于明白了"从前……"的魅力，因为，很多事情确确实实只有用"从前……"开始讲起，我们才能讲得明白。比如，垃圾是怎么产生的？城市是怎么形成的？这都是很古老的问题。那么，这个时候我就要以"从前……"作为开头，慢慢地讲给你听了。

不仅仅是垃圾，还有很多神奇的生物，甚至很多未知的元素，都需要我们用"从前……"作为开头讲起。

这是一个很长的故事，就像一段漫长的旅程。故事的主角——小企鹅碳零玲，是一位从遥远的地方出发，经历了很多奇遇，看到了很多景象，最终来到你身边的小家伙。我的任务，就是将碳零玲所经历过的、了解到的一切，诚实地告诉你。

在听故事之前，你也许要先了解"碳"是什么。

简单来说，碳是一种元素。它几乎无处不在，我们呼吸的空气、所在的地球以及地球上的一切生物都与它息息相关。还有一个重

要线索，你发现了吗？没错，它还是碳零玲名字的简称，是碳零玲生命的起点。碳元素构成了丰富的自然资源，并为人类提供了源源不断的能量；但是，就像很多故事里讲到的那样，当一个好的事物被无节制地使用时，往往就会伴随着一些不那么好的事情发生。

碳也不例外。当自然资源被消耗得越多，它们所产生的二氧化碳或其他温室气体也会越多。二氧化碳本身是很常见的温室气体，还是空气的组成部分之一，作为碳的化合物，它并没有错，错的是人类活动无节制地排放。一旦碳排放量高于碳吸收量，生态平衡被打破，就会导致全球气候变暖，就像人一样，一旦体温升高，即意味着可能要发烧了。

我们了解碳之后，便能对碳零玲的身份略知一二。而碳零玲的故事，就是从它决心要想办法阻止全球气候变暖开始的。

唐雪下

2022年3月21日

碳零玲一路走来，路过了冰川和海洋，路过了雪地和荒原，来到有人居住的世界。它震惊地发现，人类的世界里，竟然产生了这么多废弃物品。

这些被称为"垃圾"的东西，因为没有被好好分类和处理，不但给它带来了很大困扰，也给地球带来了深深的伤害。

它们像是世界走得太急而栽的小跟头。

空气、海洋、树木、草地、雨滴、潮汐，如果这一切都是好的，那碳零玲的旅行，就十分圆满了。

从前,大自然里有植物,有动物,还有藏在大自然里不容易被发现的微生物,大家在自己的生态循环圈里,互相依赖,不断循环,没有负担地共生,不明白什么叫作"垃圾"。

这些大自然里的居民,在地球上快乐地生活着,和它们一样快乐成长的还有一只叫碳零玲的小企鹅。

它们吃饭、喝水、拉便便,地球的生活环境因它们而丰富多彩。

直到人类出现之后很久,"垃圾"这个词,才真正地出现在常识里。

垃圾是怎么产生的呢?要回答这个问题,我们首先要弄清楚,垃圾是什么?

一个问题的根源,往往会指向某个非常非常遥远的原点。

就像无底洞一样,当碳零玲趴在洞口向它发出疑问时,最开始听到的,只有同样充满了疑问的回声。

没错，即使是人类出现之后的很长一段时间里，它们的生活方式和地球上的其他居民也并没有什么不同。

大家都是一样吃饭、喝水、拉便便……而他们吃剩下的残渣、果皮等物品也能被大自然轻松地分解掉。

那么，真正的垃圾到底是怎么产生的呢？

直到有一天，碳零玲来到一所房子前，它才终于找到了那个差点消失在回声里的答案——

原来，人类学会了聚居，盖起了房子，并选择了在一个地方长久地生活下去。

慢慢地，他们的手变得更灵巧，头脑变得更聪明，创造出来的东西也更多了。

但日子久了，人们开始丢弃无用的衣物、损坏的工具和多余的物件，越来越多的废弃用品产生了。

人类创造的东西越多，被丢弃的用品就越多。

刚开始,他们可能只需要用一个小罐子来装,但慢慢地,废弃的用品变得像小山一样高,像石头一样无处不在。

直到这时,他们才意识到,废弃的用品是垃圾,必须要处理掉。否则,大家就像生活在一个巨大的垃圾场里。

要怎么处理这些垃圾呢?

碳零玲带着这个问题继续去寻找答案。

它问过小鸟，小鸟告诉它，人类把垃圾埋到了地底下；
它问过稻草人，稻草人告诉它，人类把垃圾堆起来点燃了；
它问过海浪，海浪告诉它，人类直接把垃圾倒进了海里，让流水把它们带走……

碳零玲从这些回应中，找到了一些答案，但还远远不够。

原来，几千年、几万年过去了，人类发明了石器工具，发明了机器，发明了无数从前没有的东西，当然，也产生了无数从前没有的垃圾，生活垃圾、建筑垃圾、工业固体废物……

而他们不知道的是，过剩的垃圾已经对他们生活的地方——地球，造成了很大的负担。

四季更迭，天气随着季节的轮换也跟着寒暑交替。在闷热潮湿的时期，垃圾腐烂变质的速度也会加快。

露天垃圾尤其如此，它们通过发酵释放出大量的气体，有的是温室气体，有的是让空气变臭、难闻的有害气体，当一阵风吹过，这些有害物质便在空气中扩散；有的垃圾还会产生黑臭的液体，污染水和土壤，破坏人类和动植物的生存空间。

碳零玲发现，随处堆放或不正确填埋垃圾，都有可能对环境造成二次污染。如果垃圾被直接倾入湖泊、河流或大海，后果就更加不堪设想了，不但水源被直接污染，在水中生活的小伙伴们也将面临严重的生命威胁。

被垃圾占据的海洋让海里居民的家园被污染，如果它们不小心被垃圾困住，或者把垃圾吃到肚子里，那就更危险了。

即使如此，人类每天还是会扔掉无数垃圾。

连碳零玲生活的纯净之地南极，也不能幸免，人类产生的垃圾已经无处不在。

地球变得越来越沉重，体温也开始慢慢升高了。

你知道一只被填埋的玻璃瓶完全被降解需要200万年吗?

你知道一只塑料瓶完全被降解需要500年吗?

你知道一颗电池被降解需要100多年,还会产生化学物外泄吗?

你知道一个牛奶纸盒完全被降解至少也需要5年吗?

……

那你知道以上这些垃圾,全部都是可以被回收或更好地处理的吗?

只要做好分类,原本被嫌弃的垃圾,不但能够循环利用,甚至还可以减轻地球的负担,为改善全球气候变暖做出贡献!

碳零玲决定去找人类,说服他们一起保护地球,还给它的家园一片净土。

当碳零玲来到人类的居住地,并将所看所想告诉人类之后,他们羞愧极了。

其实在碳零玲出现之前,他们就已经意识到问题的严重性了。

为了解决全球环境问题,人类在努力尝试降低他们活动的碳排放。当然,也包括垃圾。

人们根据不同的垃圾类型，进行不同的处理，分别降低不同类型垃圾的碳排放，为实现地球"碳中和"迈出重要的一步。

就在这一点点降碳的过程中，神奇的事情发生了。

原来让人避之不及、肮脏有毒的垃圾，竟然摇身一变，成了宝贝！

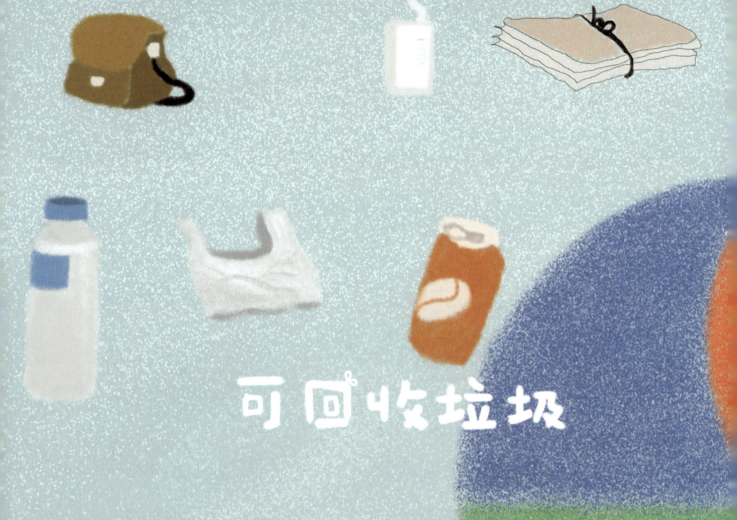

可回收垃圾

厨余垃圾

那么,你知道怎么把垃圾分类吗?它们又是如何通过分类处理实现自己价值的呢?

让我们和碳零玲一起来学习垃圾分类的小窍门吧!

有害垃圾

其他垃圾

首先，人类将垃圾分成了四大类：厨余垃圾（也被称作湿垃圾、易腐垃圾或有机垃圾）、可回收垃圾、有害垃圾和其他垃圾（也被称作干垃圾）。

垃圾经过认真地分类，不再被随意堆砌填埋，甚至通过特殊处理，例如焚烧，还能够成为发电的动力之一，照亮我们的生活。

在生活垃圾中，含水量很高的厨余垃圾，也就是湿垃圾，占了 50% 以上，因为它们容易腐烂，也被称为有机垃圾。

如何将这类垃圾变废为宝呢？人类向碳零玲展示了他们的大智慧。

人类先是将高含水量的湿垃圾分出来,这样就可以使干垃圾焚烧得更彻底。

做好干湿分离的垃圾,被人类用新的技术,转化为新的能源,通过焚烧发电,实现资源再生利用,让人类进入了更低碳环保的生活。

人类还利用了有机垃圾容易腐烂的特点，经过堆肥处理后，将它们施在农田里，这样，庄稼就能长得更茁壮啦！

那还有没有其他的垃圾处理手段呢？碳零玲问道。

人类的回答当然是肯定的！

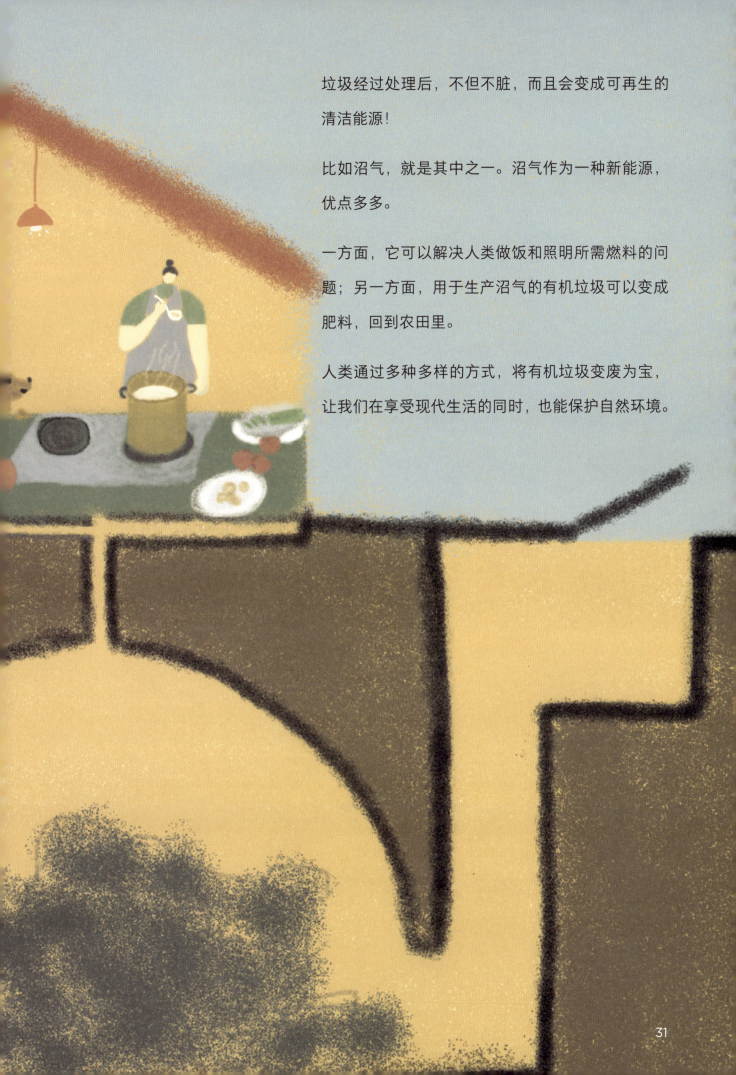

垃圾经过处理后,不但不脏,而且会变成可再生的清洁能源!

比如沼气,就是其中之一。沼气作为一种新能源,优点多多。

一方面,它可以解决人类做饭和照明所需燃料的问题;另一方面,用于生产沼气的有机垃圾可以变成肥料,回到农田里。

人类通过多种多样的方式,将有机垃圾变废为宝,让我们在享受现代生活的同时,也能保护自然环境。

面对充满好奇心的碳零玲，人类毫无保留地分享了他们处理垃圾的办法和收获。

碳零玲对垃圾也有了全新的认识，原来有用的垃圾可以回收循环利用，像旧衣服、旧报纸、塑料瓶……都可以变废为宝；

直到后来，碳零玲才知道，人类爱喝的可乐，罐子都可以回收再被炼成铝块；那些在路上总是被丢弃的广告纸，若是能好好规划珍惜，或许就又多一棵大树不用被肆意砍伐……

而有害的垃圾则可以被挑出来，做无害化处理，比如废电池、废灯泡、废药品等。这些有害物品一旦处理不好，就会污染空气、水资源、土壤，破坏各种生物的健康，造成严重的后果。

做好垃圾分类，不仅可以让地球环境变美，还可以让碳的排放量减少，让有机垃圾实现低碳化，也就意味着人类离他们提出的"碳中和"目标越来越近了！

你看，只要将垃圾分好类，就可以让每一件垃圾去它们该去的地方，完成它们最后的使命。

这样，地球就会重新变得干净整洁起来，而碳零玲的家园，自然也就能够变成一方净土，那里有白白的冰雪，有成群的伙伴，有清澈的洋流，再也没有垃圾。

本册知识点

- **碳中和**

  在一定时间内直接或间接产生的二氧化碳或温室气体排放总量，通过植树造林、节能减排等形式，以抵消自身产生的二氧化碳或温室气体排放量，实现正负抵消，达到相对"零排放"。

  中国将力争在 2060 年实现碳中和。

- **垃圾分类**

  按一定规定或标准将垃圾分类储存、投放和搬运，从而转变成公共资源的一系列活动。垃圾分类的目的是提高垃圾的资源价值和经济价值，减少垃圾处理量和处理设备的使用，降低处理成本，减少土地资源的消耗。

  垃圾分类是实现碳中和的重要一环，垃圾的产生、运输和处理，都会涉及二氧化碳的排放。

- **全球气候变暖**

  一种和自然有关的现象，温室效应不断累积，导致能量的吸收与发射不平衡，能量不断在地面和大气中累积，从而导致温度上升，造成全球气候变暖。

- **温室效应**

  大气能使太阳短波辐射到达地表，但地表受热后向外放出的大量长波热辐射线却被大气吸收，这样使得地表与低层大气温度增高，从而产生大气变暖的效应。

给城市散散热
——地球，好热！——

中碳国科零碳研究院 组编
唐雪下 著/绘

机械工业出版社

城市里为什么这么热？跟随碳零玲的旅行，我们一起去追寻碳的足迹，来让风、光、水帮忙，利用清洁能源，给城市散散热。跟着碳零玲出发，一起去捕获碳吧！

本书以小企鹅碳零玲在旅行中的所见所思为主线，结合自然与人类生活，用绘本的形式展现建筑、交通及能源与全球气候变暖之间的关系，把沉甸甸的碳中和主题内核包裹在温暖的故事中，让孩子通过温情的阅读发现自己与全球变暖密不可分的关系，引导孩子关注环境、尊重地球生命。

图书在版编目（CIP）数据

地球，好热！. 4，给城市散散热 / 中碳国科零碳研究院组编；唐雪下著、绘. — 北京：机械工业出版社，2023.1
ISBN 978-7-111-72021-8

Ⅰ.①地… Ⅱ.①中… ②唐… Ⅲ.①儿童故事-图画故事-中国-当代 Ⅳ.①I287.8

中国版本图书馆CIP数据核字（2022）第212030号

机械工业出版社（北京市百万庄大街22号 邮政编码100037）
策划编辑：兰 梅　　责任编辑：兰 梅
特约编辑：刘梦渝　　责任校对：李 杉　王明欣
责任印制：张 博
北京利丰雅高长城印刷有限公司印刷

2023年3月第1版·第1次印刷
210mm×285mm·2.25印张·18千字
标准书号：ISBN 978-7-111-72021-8
定价：128.00元（全5册）

电话服务　　　　　　　网络服务
客服电话：010-88361066　机 工 官 网：www.cmpbook.com
　　　　　010-88379833　机 工 官 博：weibo.com/cmp1952
　　　　　010-68326294　金 书 网：www.golden-book.com
封底无防伪标均为盗版　　机工教育服务网：www.cmpedu.com

前 言

这是我画给孩子们的第一本书。

我小的时候,听过很多故事,它们都是以"从前……"开头的。当我也打算给你们讲一个我所知道的故事时,才终于明白了"从前……"的魅力,因为,很多事情确确实实只有用"从前……"开始讲起,我们才能讲得明白。比如,垃圾是怎么产生的?城市是怎么形成的?这都是很古老的问题。那么,这个时候我就要以"从前……"作为开头,慢慢地讲给你听了。

不仅仅是垃圾,还有很多神奇的生物,甚至很多未知的元素,都需要我们用"从前……"作为开头讲起。

这是一个很长的故事,就像一段漫长的旅程。故事的主角——小企鹅碳零玲,是一位从遥远的地方出发,经历了很多奇遇,看到了很多景象,最终来到你身边的小家伙。我的任务,就是将碳零玲所经历过的、了解到的一切,诚实地告诉你。

在听故事之前,你也许要先了解"碳"是什么。

简单来说,碳是一种元素。它几乎无处不在,我们呼吸的空气、所在的地球以及地球上的一切生物都与它息息相关。还有一个重要线索，你发现了吗？没错，它还是碳零玲名字的简称，是碳零玲生命的起点。碳元素构成了丰富的自然资源，并为人类提供了源源不断的能量；但是，就像很多故事里讲到的那样，当一个好的事物被无节制地使用时，往往就会伴随着一些不那么好的事情发生。

碳也不例外。当自然资源被消耗得越多，它们所产生的二氧化碳或其他温室气体也会越多。二氧化碳本身是很常见的温室气体，还是空气的组成部分之一，作为碳的化合物，它并没有错，错的是人类活动无节制地排放。一旦碳排放量高于碳吸收量，生态平衡被打破，就会导致全球气候变暖，就像人一样，一旦体温升高，即意味着可能要发烧了。

我们了解碳之后，便能对碳零玲的身份略知一二。而碳零玲的故事，就是从它决心要想办法阻止全球气候变暖开始的。

唐雪下

2022年3月21日

人类习惯群居，他们先是在洞穴居住，接着住进了房子。房子越来越多，渐渐地形成了村落。再后来，他们建造了城池。

现在，他们拥有了超级城市群，并将最好的资源集中在城市里。因为城市承载了人类文明生活的最高水准。

人类总是能想到很多了不起的主意，帮助他们生产、出行、照明、保暖或降温……他们总是有办法将生活过得更好。

城市也聚集了越来越多的人。

但是到了今天，却有越来越多人开始计划逃离城市，这几乎是与城市扩张同时发生的。

现在，我想要你好好想一下，除此之外，人们还有没有其他更好的选择呢？

城市里有什么？

这些让人们对城市生活充满向往的事物，碳零玲好奇极了。

当她置身其中,走在车水马龙的街头,繁忙精彩的白天过去,灯火璀璨的夜晚降临。

此时,碳零玲大概明白了城市的意义。

它代表着活力、机遇、挑战,以及更好的生活……

越来越多的人涌向城市,创造出越来越繁华的城市生活。

路上的汽车更多了,电网更密集了,排放的污水和气体也成倍增长。

很多变化都是在不知不觉中发生的。

比如天气也更热了，空调温度需要调得更低；

台风来得更频繁，洪水更迅猛，山火一烧起来便是几天几夜，就连龙卷风，也从人烟罕见的空旷之地，肆虐至人口密集的城市……

这些可怕的自然灾害几乎成为地球的常客，频频造访。

而这些极端天气的诱因，都可以溯源到三个字——碳足迹。

这又是什么呢?

碳零玲一路走来,每走一步,答案就越清晰。

导致地球越来越热的原因有很多,但归根到底,这是由于地球上的二氧化碳越来越多,多到大气层都要接收不住了。

碳零玲也清楚地意识到,生活在地球上的人或者动物,不管是在城市生活,还是在别的地方生活,只要有了日常生活的需求,就必然会产生碳足迹。

他们走的每一步路,做的每一件事,都会产生二氧化碳。

一旦它的含量超标了,就会带来非常严重的后果。

极端天气就是之一。

而城市作为密集的人口聚居地，能源被过度消耗，二氧化碳被过量排放，这是无可辩驳的事实。

城市化建设对于人类来说，本身是一件美好的事情，它带来了更好的生活和更值得期待的未来。但是同时，它也给地球留下了无法消化的碳足迹。

城市运转产生的废气、污水,以及需要的电力、热力、蒸汽或制冷,还有城市消费活动引起的所有其他温室气体排放,这些,一点一点叠加起来,都会让大气层变得无比沉重,最终反噬人类。

在城市里，便捷的交通让世界好像都在咫尺之间。

汽车、火车、飞机、轮船……这些交通工具让距离不再成为问题，可这随之而来的代价，也是人类此前没有预料到的——
便捷的交通工具产生的温室气体，正是大气污染的"元凶"！

碳零玲得知[一]，

燃油汽车等流动污染源，

所排放的污染物已占据大气污染物总量的 90%，

每千辆汽车每天排出的尾气中，

一氧化碳约 3000 千克；

碳氢化合物 200~400 千克；

氮氧化合物 50~150 千克……

而这些，都是让城市温度不断升高的原因。

[一] 数据来源：《2021 年中国机动车保有量及机动车污染物排放情况分析》，智研咨询。——编者注

很多国家都做出了应对气候变化的措施,比如拟定了从传统燃油汽车向新能源汽车转型的计划。

英国决定在 2030 年限制燃油车，挪威把这一时间定在了 2025 年，其他国家则计划在 2030 年至 2040 年内逐渐淘汰燃油汽车。

有人告诉碳零玲,许多城市整夜都光彩熠熠,像是不夜城。

因为即使到了晚上,城市里依旧亮如白昼,道路、桥梁、建筑体、甚至树木,都是亮光工程的载体。

而人类目前使用的电力，基本来源于火力发电，也就是烧煤。

和燃油汽车一样，烧煤发电给城市生活带来了极大的便利，但同时也造成了极大的环境污染。

目前，发电供热用煤占中国煤炭生产总量的 50% 左右；大约全国 90% 的二氧化硫排放由煤电产生；80% 的二氧化碳排放量由煤电排放！

发电的途径难道只有烧煤吗?

碳零玲发出了疑问。

当然不是!

充满智慧的人类发现,
大自然本身就可以参与发电——
太阳光可以发电,吹过的风可以发电,汇聚的水可以发电,
甚至高级的核能也可以发电!

这些发电能源都更加环保,但它们也有自己的局限,
比如太阳会落山,风会止息,水流会变小……
它们都有自己的个性,有时会罢工,但人类却每时
每刻都有巨大的用电需求。

因此,在太阳、风、水都"不干活"的时间里,
还是要靠火电来补足人类对电力的需求。

可想而知,人类距离清洁发电,还有很长的路要走。

实际上,在地广人稀、用电量较少的地区,新能源发电供过于求;
但对于人口密集的地区,光靠新能源发电是远远不够的,事实上,在寸土寸金的城市,也没有充足的土地资源用来布局光伏、风力发电的设备。

以中国为例子,西部风光电资源丰富,可是用电量少,又没有成熟的技术储存和运输,发出来的电既用不完,也无法送到缺电的东部,最终变成了废电。

东部城市人口密集,用电量巨大,碳排放量也巨大,这也就带来了另一个需要解决的问题——城市热岛效应。

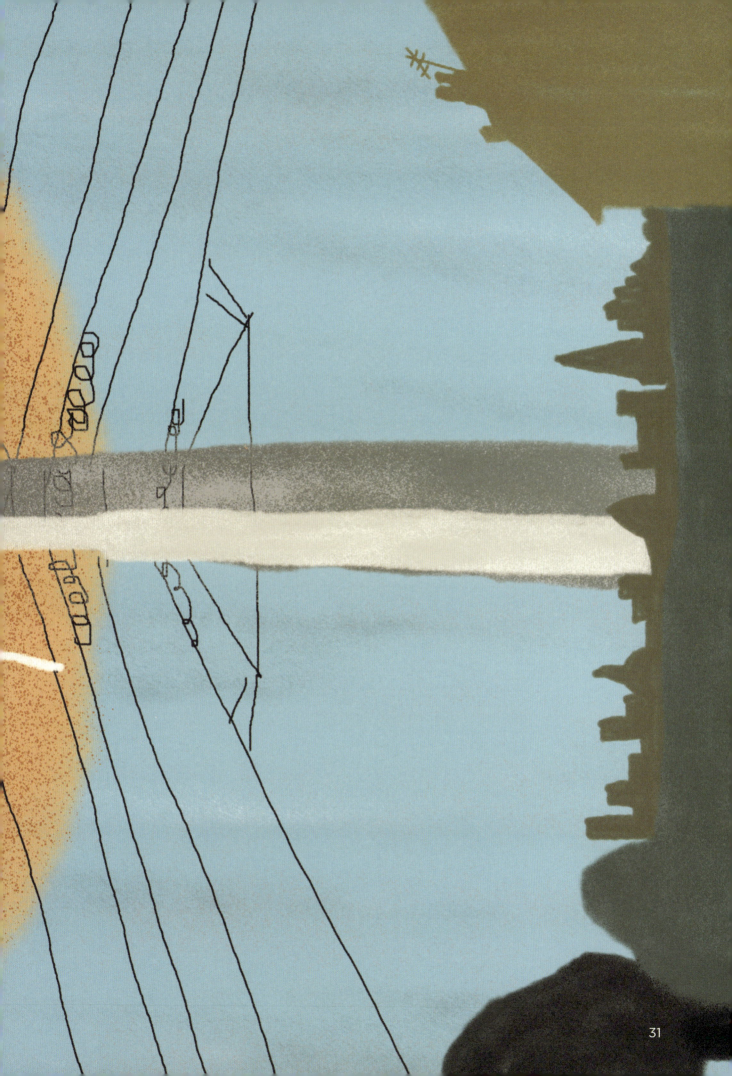

城市中心的温度,往往要比周边不那么繁华的地区高。

在白天,这个温差可能在 2~5℃,

但到了晚上,这个温差可能大到 10~20℃!

导致城市热岛效应的因素当然不只是能源的过度消耗，人类生活产生的碳足迹无处不在。

当热浪席卷而来的时候，承受着煎熬的不只有人类，还有像碳零玲这样无辜的地球居民。

如果说，过去人类在地表上忙忙碌碌，却对这个星球正在发生的变化不知不觉；
那么现在乃至将来，依旧忙碌的人们，已经开始正视自身活动给地球带来的负担。

每一个碳元素都有自己的故事,而人类能做的,就是从此以后,讲好它们。

无论是清洁能源的利用,还是碳捕获、封藏等等,这颗美丽的蓝色星球,不能没有二氧化碳,更不能让二氧化碳超标!

本册知识点

● **碳足迹**

一个人或团体通过交通运输、食品生产和消费以及各类生产过程等引起的温室气体排放的集合。它表示一个人或者团体的"碳耗用量"。碳耗用量越多,二氧化碳也被制造得越多,碳足迹就越大;反之,碳足迹就越小。

● **碳足迹的种类**

直接排放:设施、车辆等使用燃料活动过程中直接的碳排放,比如开空调时空调运转产生的碳排放。

间接排放:外购能源产生的碳排放,包括电力、蒸汽和供热供暖等,比如空调运转所需要的电力产生的碳排放。

其他排放:除直接排放和间接排放以外的其他碳排放。

● **新能源发电**

发电的方式有很多种,现在使用比较广泛的有火电、水电、风电、光伏发电、核电等。 除了火电属于传统化石能源发电,其他几种都属于新能源发电。

水电:充分利用水往低处流的自然规律,将水的势能转换为机械能和电能。

风电:利用风力带动风车叶轮旋转,将风能转化为机械能,发电机再将机械能转化为电能。

光伏发电:利用太阳电池板将太阳光能直接转化为电能。只要有太阳光,就可以发电,不再与外界产生物质交换。

核电:核燃料在核反应堆的设备内发生裂变而产生大量热能,再利用高压水把热能带出,产生蒸汽,推动发电机旋转,产生电能。

● **城市热岛效应**

城市因人工发热、建筑物和道路等增多及绿地减少等因素,造成城市中心比郊区温度高的现象。

未来我们吃什么

——地球，好热！

中碳国科零碳研究院 组编

唐雪下 著/绘

机械工业出版社
CHINA MACHINE PRESS

人类未来吃什么？碳零玲看着沿途的大火、洪水以及饿着肚子的人们，它想要寻找旅途中粮食与地球变热不得不说的故事，告诉我们关于人类与土地的羁绊。

本书以小企鹅碳零玲在旅行中的所见所思为主线，结合自然与人类生活，用绘本的形式展现农业生产与全球气候变暖之间的关系，把沉甸甸的碳中和主题内核包裹在温暖的故事中，让孩子通过温情的阅读发现自己与全球变暖密不可分的关系，引导孩子关注环境、尊重地球生命。

图书在版编目（CIP）数据

地球，好热！. 3，未来我们吃什么 / 中碳国科零碳研究院组编；唐雪下著、绘. — 北京：机械工业出版社，2023.1

ISBN 978-7-111-72021-8

Ⅰ.①地⋯ Ⅱ.①中⋯ ②唐⋯ Ⅲ.①儿童故事 – 图画故事 – 中国 – 当代 Ⅳ.①I287.8

中国版本图书馆CIP数据核字（2022）第212032号

机械工业出版社（北京市百万庄大街22号 邮政编码100037）
策划编辑：兰 梅　　责任编辑：兰 梅
特约编辑：刘梦渝　　责任校对：李 杉　王明欣
责任印制：张 博
北京利丰雅高长城印刷有限公司印刷

2023年3月第1版·第1次印刷
210mm×285mm·2.25印张·18千字
标准书号：ISBN 978-7-111-72021-8
定价：128.00元（全5册）

电话服务　　　　　　　网络服务
客服电话：010-88361066　机 工 官 网：www.cmpbook.com
　　　　　010-88379833　机 工 官 博：weibo.com/cmp1952
　　　　　010-68326294　金 书 网：www.golden-book.com
封底无防伪标均为盗版　　机工教育服务网：www.cmpedu.com

前　言

这是我画给孩子们的第一本书。

我小的时候，听过很多故事，它们都是以"从前……"开头的。当我也打算给你们讲一个我所知道的故事时，才终于明白了"从前……"的魅力，因为，很多事情确确实实只有用"从前……"开始讲起，我们才能讲得明白。比如，垃圾是怎么产生的？城市是怎么形成的？这都是很古老的问题。那么，这个时候我就要以"从前……"作为开头，慢慢地讲给你听了。

不仅仅是垃圾，还有很多神奇的生物，甚至很多未知的元素，都需要我们用"从前……"作为开头讲起。

这是一个很长的故事，就像一段漫长的旅程。故事的主角——小企鹅碳零玲，是一位从遥远的地方出发，经历了很多奇遇，看到了很多景象，最终来到你身边的小家伙。我的任务，就是将碳零玲所经历过的、了解到的一切，诚实地告诉你。

在听故事之前，你也许要先了解"碳"是什么。

简单来说，碳是一种元素。它几乎无处不在，我们呼吸的空气、所在的地球以及地球上的一切生物都与它息息相关。还有一个重

要线索，你发现了吗？没错，它还是碳零玲名字的简称，是碳零玲生命的起点。碳元素构成了丰富的自然资源，并为人类提供了源源不断的能量；但是，就像很多故事里讲到的那样，当一个好的事物被无节制地使用时，往往就会伴随着一些不那么好的事情发生。

碳也不例外。当自然资源被消耗得越多，它们所产生的二氧化碳或其他温室气体也会越多。二氧化碳本身是很常见的温室气体，还是空气的组成部分之一，作为碳的化合物，它并没有错，错的是人类活动无节制地排放。一旦碳排放量高于碳吸收量，生态平衡被打破，就会导致全球气候变暖，就像人一样，一旦体温升高，即意味着可能要发烧了。

我们了解碳之后，便能对碳零玲的身份略知一二。而碳零玲的故事，就是从它决心要想办法阻止全球气候变暖开始的。

唐雪下
2022年3月21日

在世界的某些地方，我们会见识到真正的干旱。那里常年没有雨水，缺少植物，没有丰茂的水草和树林。

一直以来，人类都在美好的期待中建设自己的生活，希望和平，希望不缺粮食、蔬菜和水果。

人类有时候也羡慕候鸟，它们可以南来北往地迁徙，越过高山，飞过大海，抵达适合生存的地区。

但人类在面对自然灾害时，会本能地固守着家园。

是的，恐怕再也找不到比人类更深沉地热爱着脚下这片土地的群体了。

在这本书里，与其说我要跟你们讲一个关于粮食的故事，不如说要与你们一起去面对，一段关于人类与土地的关系。

人类未来吃什么?

这是一个连碳零玲也好奇的问题。

谁会料到呢？

拥有丰富物产和广袤土地的人类，在近几年，许多地区竟然迎来了新的一轮粮食危机。

目前，非洲、南美洲，甚至连欧洲都出现了粮食紧缺的情况。

而这一切的背后，都与气候变化脱不开关系。

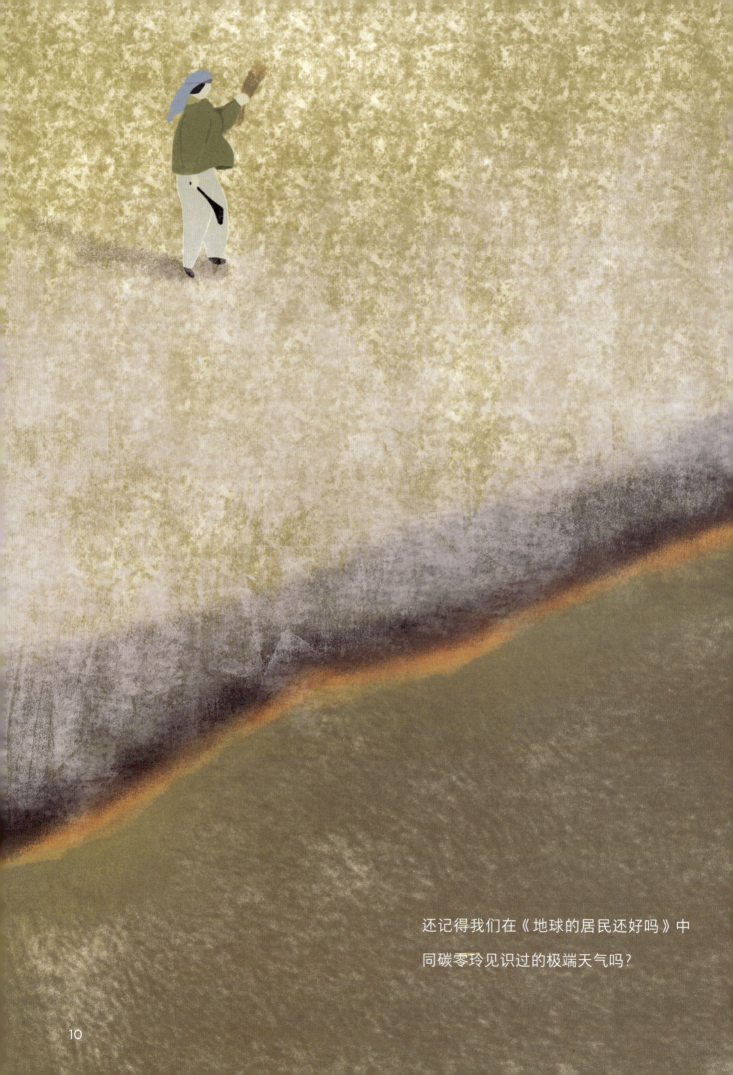

还记得我们在《地球的居民还好吗》中同碳零玲见识过的极端天气吗？

持续的高温让地球上许多地方承受着大面积干旱,而干旱则可能导致大范围火灾。

在很多地方,一场大火可以连烧几十天。

大火加剧了农作物的损失,谷物无法生长,最后只能变成干草,成为畜牧饲料,粮食不断减产,越来越多的人吃不上饭了。

如果气候只是带来温度的变化,人们还可以把种植地向温度适宜的区域转移。

然而更糟糕的是,气候变化还加剧了病虫害,这对农业发展产生了更严重的伤害。

以往,很多害虫都熬不过寒冷的冬季,但是气温升高让它们更容易越冬,在春天时它们的数量明显增加。

新生的害虫开始肆虐,农作物遭殃。

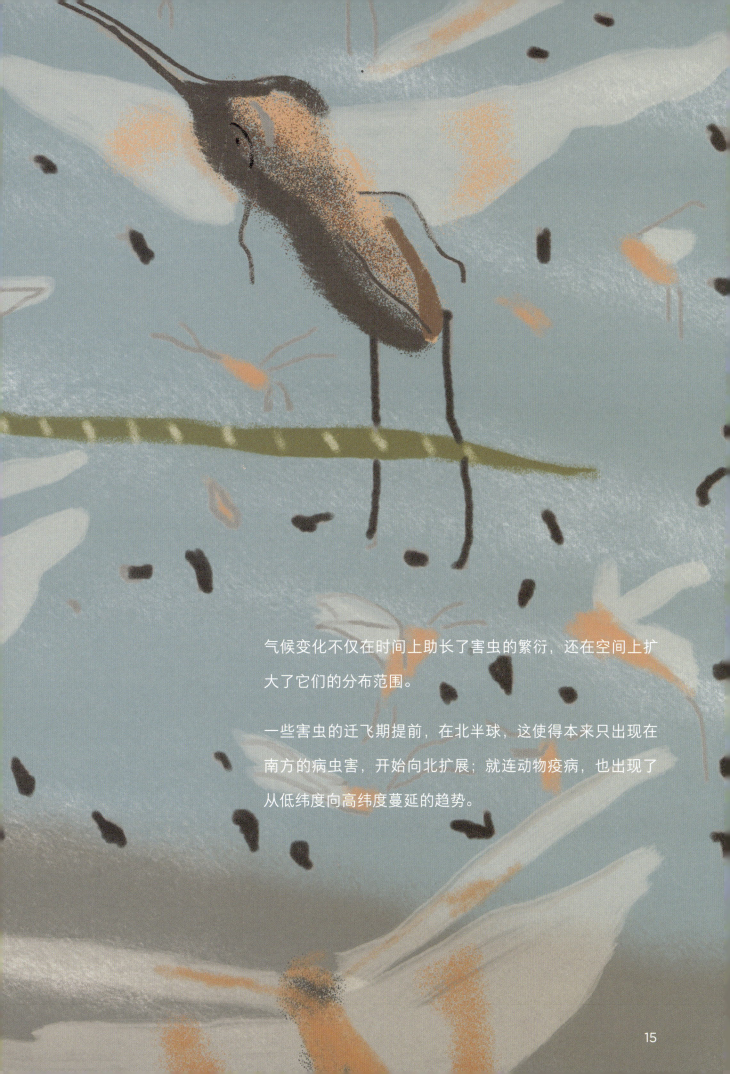

气候变化不仅在时间上助长了害虫的繁衍，还在空间上扩大了它们的分布范围。

一些害虫的迁飞期提前，在北半球，这使得本来只出现在南方的病虫害，开始向北扩展；就连动物疫病，也出现了从低纬度向高纬度蔓延的趋势。

更糟糕的是,新的虫害出现了。那些本来不足为惧的害虫,在反常的气候环境中变成破坏力极强的主力军。

人们对这些新增的害虫缺乏防御措施,防不胜防,它们趁虚而入,造成更加严重的后果。

碳零玲很清楚，生态系统就像一个圆圈。

害虫的出现,影响的不仅仅是农作物的收成,还会增加家畜寄生虫和疫病的流行率,进而降低草原和牧场的载畜能力,影响饲料的生产。

再看渔业和水产养殖业，对于许多国家的居民而言，他们主要依靠水产获取动物蛋白，但水温上升，极有可能导致某些可食用鱼类灭绝！

这一切都让碳零玲感到不可思议。

气候变化影响的绝不仅是人类而已。

随着大气中二氧化碳含量增加，世界各大洋的酸度也在不断提高。

大量的贝类、乌贼、红树林和珊瑚礁都会受到威胁，而对于依赖这些物种存续的渔业，也同样会深受打击。

海洋上出现台风的频率和强度都在不断加剧,这对水产养殖业、红树林和沿海渔业更会带来毁灭性伤害!

反过来,农业也被看作是温室气体的重要来源。

不管是食物的生产,还是运输和消费,都会产生温室气体的排放。

整个食农体系占全球温室气体排放总量的 1/3 左右。

你知道全球所有的牛的碳排放总量有多高吗?

如果计算起来,可以位列世界第三,仅次于中国、美国两个高碳排放量大国。

牛是怎么产生碳排放的?

在食用牧草之后,牛在胃肠道消化过程中会排放大量的温室气体甲烷,如果换成用二氧化碳来衡量,每 1 千克牛肉相当于排放了 300 千克二氧化碳!

近年来，各国科学家都在研究如何降低牛的碳排放。

比如调整牛的饮食结构，或通过给牛打疫苗，甚至修改基因，来减少牛打嗝、放屁产生的甲烷量；科学家还研发了给牛佩戴的口罩，这种口罩不仅可以收集、处理甲烷排放，还能监测牛的各项指标。

通过这些信息，人类就能够监控到每一头牛的健康情况，有效预防疫病，降低农场的支出。

碳零玲觉得,在动物身上找原因,是解决问题的一个办法,但不要忘了,即使牛的碳排放量很高,人类自己的问题也很严重!

随着城市化的发展,工业化的进程,大量耕地已经被侵占。

许多耕地变成了工厂或其他经济作物的种植地，农民可耕种地的面积越来越小，而这些，都将会影响到未来粮食的产量。

为了拯救西北地区的黄土高坡,我国在水土流失严重的地区开启了退耕还林计划。

而对于坡地和不适宜进行植树造林的地区，为了稳定粮食播种的面积和产量，我国则进行退林还耕行动，并提出了以 18 亿亩耕地为警戒的保护红线。

退耕还林对我国的生态环境起到了极其重要的作用。

而退林还耕也同样关键，这将会吸引那些想发展农业的人重新回到农村，种植粮食作物，确保国家的粮食安全。

虽然整个粮食与农业生态体系占到全球温室气体排放总量的 1/3 左右，但和工业排放不一样的是，农业排放属于生存排放，我们不可能不吃饭，人类不可能离开粮食。

就像碳零玲需要吃海洋里的其他生物为生。

因此，农业技术进步就尤为重要。

我们期待着农业上能有颠覆性的技术突破，
只有改变农业的生产方式，提升技术水平，
才有可能做到真正的节能减排。

本册知识点

- **迁飞**

  一种昆虫成群地从一个地区长距离地转移到另一个地区的现象。这种情况经常发生在成虫的一个特定时期——幼嫩阶段的后期，雌成虫的卵巢尚未发育，大多数还没有产卵。

- **载畜量和载畜能力**

  载畜量指的是放牧期内单位面积草场所能放牧牲畜的头数。

  载畜能力是指草场在中等程度利用下，全年放牧期内可能容载的牲畜最大数量。

- **农业甲烷排放**

  农业甲烷排放主要来自生产环节的畜牧业和水稻种植，二者分别占全球人为甲烷排放的 32% 和 8%。与农业相关的食物损耗与浪费、土地利用方式转变等过程也产生了大量的甲烷。

- **退耕还林**

  从保护和改善西部生态环境的目的出发，将易造成水土流失的坡耕地和易造成土地沙化的耕地，有计划、分步骤地停止耕种，因地制宜地造林种草，恢复林草植被。

- **退林还耕**

  恢复经济耕地的功能，种植粮食作物，守住国家耕地底线，确保粮食安全。